KB263113

불경을 단시로 풀어 쓰다
『화엄경』 53선지식 『금강경』

꽃
비

꽃비

불경을 단시로 풀어 쓰다

2025년 11월 29일 제1판 1쇄 발행

지은이 | 박성애
펴낸이 | 김종완
펴낸곳 | 에세이스트사
편　집 | 조정은

등록 | 문화 마 02868
주소 | 서울 종로구 익선동 55 현대뜨레비앙 905
전화 | 02-764-79412
e-mail | kjw2605@hanmailnet

값 15000원
ISBN 979-11-89958-68-8 03810

이 책은 25년 전라남도와 전라남도문화재단에서 지원 받아 제작되었습니다.

전라남도　　　전라남도 문화재단

이 도서의 국립중앙도서관 출판예정도서목록(CIP)은 서지정보유통지원

시스템 홈페이지(http://seojinlgokr)와 국가자료종합목록시스템(http://

wwwnlgokr/kolisnet)에서 이용하실 수 있습니다

불경을 단시로 풀어 쓰다
『화엄경』 53선지식 그리고 『금강경』

꽃비

박성애 시집

하늘은 한 송이 꽃이 되어 흩어지고
땅은 그 꽃을 비로 받아 품는다
그것이 생의 처음이자 끝 피어남이자 사라짐이다

나는 그 꽃비 속에서 한 줄기의 말씀을 들었다
그 음성에 따라 53선지식을 찾아 나섰다
그들은 이름 없이 피어난 들꽃이었고
걸음마다 한 줄기 비로 흩날리며 나를 건넜다
『금강경』의 서른두 품이 바람처럼 오가며
머무르지 말라 머무르지 말라 속삭였다

꽃은 피어 있음으로 아름다운 건 아니다
지고 흩어질 때 비로소 향기가 된다
나의 글은 피는 꽃보다 지는 꽃을 닮기를 바랐다
지는 순간의 투명한 침묵 속에

나는 불성(仏性)의 숨결을 느꼈다

『꽃비』는 그 길 위에서 흘러나온 노래다
53명의 스승이 남긴 발자취와
32번의 숨.
그 속에 공(空)의 리듬이
한 줄기 비가 되어 내 마음을 적셨다

오늘도 나는 그 꽃비 아래 선다
형상도 없고 향기조차 머물지 않는
한 송이 공(空)의 꽃이 되어
무심히 흩어지는 나의 숨결을 바라본다

2025년 11월

박성애

차례

5부

2장 『금강경』 공(空)의 비

박성애 시론

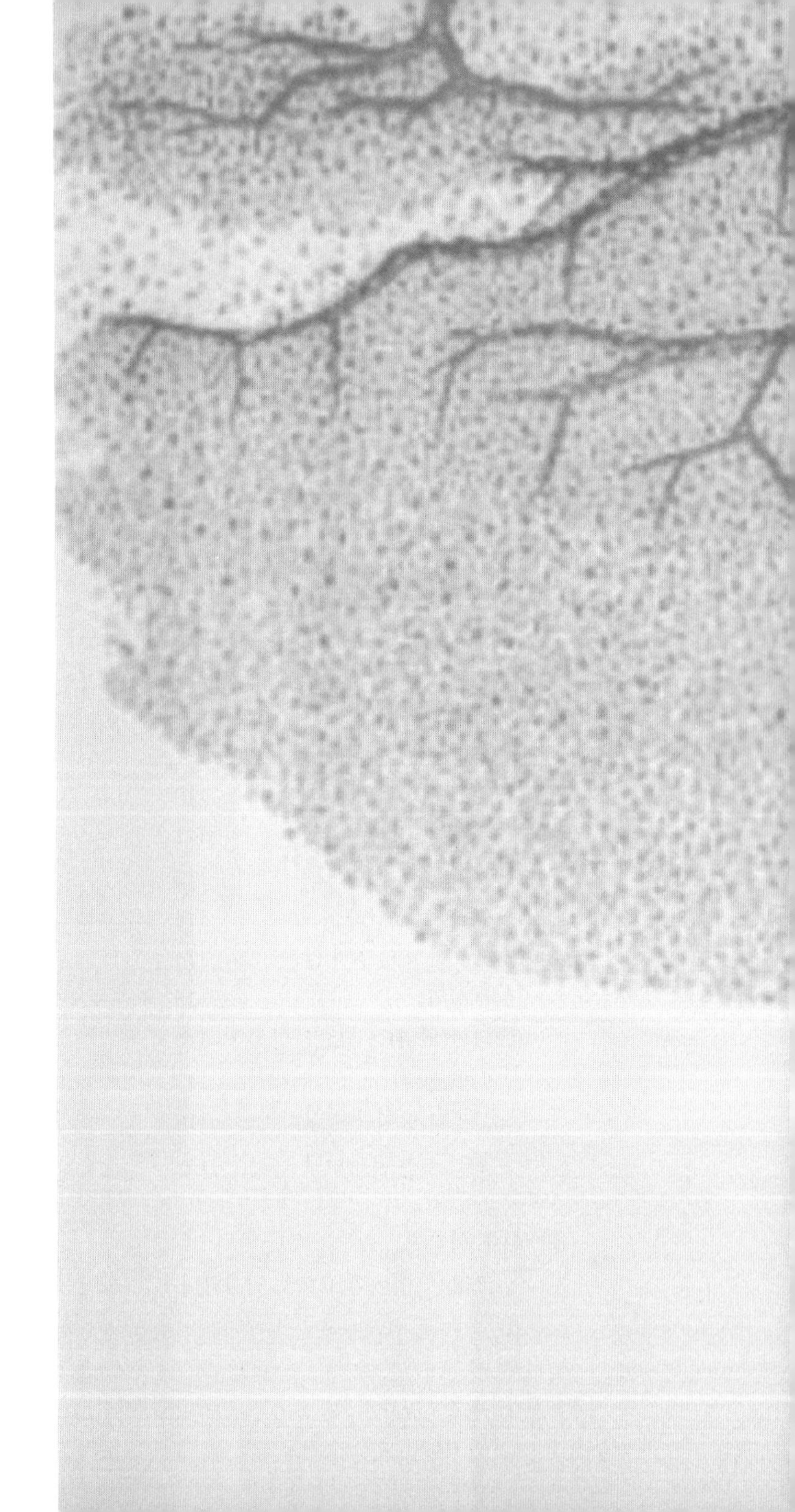

1장 『화엄경』 길 위의 순례

걷고 머물고 다시 걷는다

1부

모든 만남이 곧 깨달음이었다

첫 물결에 작은 배

첫 물결에 작은 배 띄워 보네

하얀 바람 밀어주고 푸른 길 부르니

마음 깊은 곳 이미 고요한 바닷길

문수보살(文殊菩薩) 지혜의 근원을 여는 보살

지혜는 먼 곳에 있지 않다 마음이 밝으면 세상은 스스로 열린다

걸음마다 꽃은 피고

가지런한 호흡으로 티끌 길 쓸어내며
걷는 자리에 피어난 연꽃을 본다네
걸음마다 맑은 음성 바람 속에 퍼지네

현수비구(賢首比丘) 걸음으로 법을 전하는 스승

행이 곧 깨달음이다 조용히 걷는 길마다 연꽃이 핀다

바다처럼 품어라

바다 안고 흐르는 구름 슬며시 다가와
이마 위에 젖은 숨결 부드럽게 얹는다
끝없이 받아들이는 맑은 심장 거기 있네

해운비구니(海雲比丘尼) 자비를 품는 비구니

바다는 스스로 말하지 않아도 모든 강을 품는다

덕이 샘솟는 손길

구름 퍼져가듯 은은하게 퍼지는 손길
움켜쥐지 않는 부가 향기 되어 퍼진다
숨결마다 덕을 심는 커다란 그릇이어라

덕운장자(德雲長者) 자비로써 세상을 덮는 장자

나누는 순간 덕은 사라지지 않고 더 멀리 퍼진다

한 조각 청정한 숨

티끌 없는 그 마음 물처럼 스며들어

작은 손짓 작은 미소 깨끗하게 적신다

청정한 한 조각 숨이 온 생명을 살린다

정성장자(淨性長者) 청정의 본성을 지닌 장자

깨끗한 마음 하나가 세상의 탁류를 맑힌다

자비는 침묵처럼

건조한 땅 어디라도 연못처럼 깃들어
부드러운 손길로 메마른 곳 다 적시니
가장 큰 자비 고요 속에서 피어나네

건조장자(乾陀長者) 침묵 속에서 피는 장자

깊은 자비는 고요 속에서 피어난다

기다려라 꽃

먼 먼 길 건너오는 너

아직 피지 않은 꽃아

모든 피어남은 자비로운 참음에서 오리니

미륵보살(彌勒菩薩) 미래를 품은 보살

기다림 또한 수행이다 자비는 시절을 기다린다

흐르다 꽃비

걸음마다 꽃비 오시는 소리

봄이 오시는 소리

온누리에 흐르는 진리의 음성

법운장자(法雲長者) 법의 비를 내리는 장자

보이지 않아도 법은 흐르고 그 흐름이 곧 비다

오늘이란 착한 뜻

덕을 닦아 물든 길에 풀꽃 하나 피어나고
고요한 빛 가슴에 심어 작은 등불 켜리니
삶이 곧 경전 그대도 한 구절이 아니런가

덕수장자(德修長者) 덕으로 닦는 장자

하루의 착한 뜻이 천년의 등불이 된다

빈손으로 안는다

법 위에 법을 짓고 또 텅 빈 허공을 짓네
모양 없는 것을 향해 모양 속을 건너니
그대 또한 빈손으로 모든 걸 안게 되리

법상장자(法上長者) 법 위의 법을 깨달은 장자

비움은 잃음이 아니라 모든 것을 품는 손이다

큰 자비는 분별하지 않는다

2부

품음이 곧 깨달음이다

모든 것을 품어라

바다 품은 구름처럼 모든 길을 품어가라
모진 바람 부는 날도 젖은 등을 내어라
허공을 가득 채운 자비 그대를 따르리

해운장자(海雲長者) 넓음의 상징인 장자

큰 자비는 분별하지 않는다 품음이 곧 깨달음이다

끝없는 숨결

헤아림 없이 퍼지는 무량한 마음 하나
끝도 없이 시작도 없이 무량한 손짓
끝없는 숨결 속에 새벽별이 뜨네

무량장자(無量長者) 무량심을 닦은 장자

한 생각의 자비가 끝없는 세계를 적신다

별빛을 좇는 항해자

물결 따라 흔들려도 꺾이지 않는 노 저어
파도 위에 심장 얹고 별빛 길을 떠가네
바다는 항해자에게 스스로 길을 열고

선주(船主) 삶의 항로를 여는 선주

흔들려도 꺾이지 않음이 곧 지혜다

하늘에 부는 노래

그대의 노래 온 하늘에 가득 퍼지고

구름에도 바람에도 신명 깃들어

더욱 투명해지는 세상 세상

보연선인(普演仙人) 법음을 전하는 선인

진리는 노래처럼 스며든다 울림이 곧 교화다

눈물도 빛이 되는 강

법따라 흐르는 강 강따라 걸어가는 법

돌부리도 길이 되고 눈물마저 빛이 되어

마음 속의 법을 따라 스스로 강이 된다

인법선인(因法仙人) 법의 인연을 아는 선인

슬픔도 법이다 모든 흐름은 도의 길이다

나무를 심는 자

조용히 나무를 심어 하늘 끝에 닿게 하라
비바람이 때려도 뿌리 깊이 내려 뻗고
푸른 가지마다 법향이 영글지니

법수선인(法樹仙人) 법을 뿌리내리는 선인
한 그루의 나무가 한 세계를 지탱한다

흘러가네 빛

덕의 구름 품은 하늘 그 비 보슬보슬

보이지 않는 선행도 세월을 적시리니

그대 말없이 흘러가는 빛이 되어라

덕운선인(德雲仙人) 은덕을 흘리는 선인

말없는 자비가 세상을 적신다

뿌리 깊은 산

뿌리가 깊어 고요하며 우뚝한 산

칼바람이 휘돌아도 머리칼 날리며 이마를 훔치네

흔들려도 흔들리지 않으니 그대 수미산

수미선인(須彌仙人) 중심을 세우는 선인

진정한 평정은 흔들림 속에서 피어난다

닦고 또 닦으며

어둠 속 길을 닦는 조용한 손길 하나
번뇌를 지우는 빛 다시 어둠에 물들어도
닦고 또 닦으며 별빛 하나 품고 가시네

명수비구(明修比丘) 계정혜를 닦는 비구

닦음은 끝이 없다 맑음은 행 속에서 자란다

길이 되어 길을 가다

잡목이 무성하고 바윗돌 사나워도

걷고 또 걸으니 길이 되어 길을 가네

돌고 돌아도 언젠간 도달하리니

모든 길 끝에 스스로 길이 된 이여

도성장자(道成長者) 도(道)를 이룬 장자

도는 밖에 있지 않다 걷는 자리가 곧 깨달음이다

어둠조차 꽃이라네

밝은 마음 밝은 눈으로 세상을 다시 보니

어둠조차 한 송이 꽃으로 피어나눈구나

먼 데 헤매었으나 내 안에서 피었네

선명장자(善明長者) 밝은 덕을 지닌 장자

선한 눈은 어둠 속에서도 꽃을 본다

강함은 이김이 아니라 품음이다

3부

자비는 손끝에서 세상을 이어준다

나눌수록 가득 차네

가진 것을 모두 주어도 오히려 더 가득하니

참된 부는 움켜쥠 아닌 퍼져가는 손길

끝없이 주는 그대에게 복비는 쏟아지네

선부장자(善富長者) 참된 부를 아는 장자

나눔이야말로 최고의 부이다

서두르지 않는 자비

앞서 가려 애쓰지 말고 잠시 걸음을 맞춰 봐
칼바람 불어도 사월이면 피는 꽃마리
서두르지 않음이 가장 깊은 자비라네

불선장자(不先長者) 겸손의 장자

먼저 서지 않음이 곧 깊은 자비이다

다름을 품다

빛깔 다른 그 숨결도 한 하늘 아래 흐르니

붉은 꽃도 푸른 잎도 모두 참되거늘

큰 숲은 다름을 끌어안아 이뤄진 꿈

이색선지식(異色善知識) 다양성을 깨달은 선지식

다름은 분열이 아니라 조화의 시작이다

작은 물방울

아침 이슬방울도 흘러흘러 강으로 가네
보이지 않는 작은 물방울 모여 바다가 되듯
오늘 착한 뜻이 내일의 우주를 지으리니

25 선업비구(善業比丘) 행으로 법을 짓는 비구

작은 선 하나가 큰 세계를 이룬다

하늘 품은 들꽃

높은 덕은 높은 산에만 있는 게 아니어서

작은 별꽃 눈빛 속에도 하늘을 담고 있네

낮은 곳에 엎드려도 큰 하늘 품고 있네

26 상덕장자(上德長者) 큰 덕을 쌓은 장자

겸허함 속에 하늘이 깃든다

조용히 웃는 얼굴

수줍어 웃고 기꺼워 웃고 미뻐서 웃고
작은 한 송이 꽃으로 세상을 비추네
참된 아름다움은 조용히 빛나는 미소

27 보안비구니(寶顏比丘尼) 자비의 미소를 지닌 비구니
미소 한 줄기에도 자비가 스민다

흐르는 강

이긴다 함은 이기지 않음 물러서지 않음

다만 천천히 깊어지는 숨결

멈추지 않으므로 유장한 강이 되리니

28 승진비구니(勝進比丘尼) 정진의 비구니

승진이란 다투지 않고 나아감이다

두려움마저 품다

산은 옮기기보다 감싸기가 더 어려워
무너져내리는 바윗돌 가만히 품는 그대
그 품에서 이윽고 산은 포효를 멈추네

29 비사문천왕(毘沙門天王) 수호의 천왕

강함은 이김이 아니라 품음이다

다시 일어서는 산

사방에서 몰아치는 바람 속에 서 있어도

부서지는 돌틈마다 다시 푸른 싹을 틔우니

부서지고 쓰러질수록 더욱 뿌리는 깊어지네

30 수미산신(須彌山神) 굳건한 산신

무너짐조차 대지의 호흡이다

부서지지 않는 마음

부서지지 않는 마음 가슴속에 품고 살아
비바람 눈보라 몰아칠수록 빛나는 눈빛
금강석 한 조각 품고 온 우주를 버틴다

31 금강장보살(金剛藏菩薩) 견고한 보살

자비의 심장은 부서져도 빛을 잃지 않는다

손끝의 햇살

상처 난 세상 두루 어루만지는 그대 손길

터진 흙길 막힌 골목마다 햇살을 심어놓고

작고 따뜻한 손끝으로 하늘길 열어 주네

32 보수보살(寶手菩薩) 치유의 보살

자비는 손끝에서 세상을 이어준다

법은 흐름이다

4부

길은 물결 속에도 있다

부드러운 달빛

고요히 흐르는 달빛 허공 속에 스미어

흘러가는 구름에도 너를 숨겨 비추듯이

말없이 깊어지는 자비를 배우노라

33 월광보살(月光菩薩) 은은한 광명의 보살

달빛처럼 자비는 고요히 스며든다

웃음으로 여는 아침

눈부신 깃털처럼 새벽하늘 걸어가며
어둠을 뒤로 밀어내고 아침을 모셔오네
그대 고요한 웃음 세상을 활짝 여네

34 일광보살(日光菩薩) 광명의 보살

웃음도 하나의 빛이다

경계 없는 하늘

끝도 없이 퍼지는 날개 강물 따라 흐르다가

산을 넘고 별을 넘어 바람 속에 스며들어

그대 이미 경계 없는 하늘이 되어 버렸네

35 무변신보살(無邊身菩薩) 무한한 보살

경계가 사라질 때 자비는 하늘이 된다

눈물 속 연꽃

보석처럼 장엄한 삶 하늘빛 아래 빛나서

티끌 속에 몸을 묻고 다시 별을 잉태하니

고요한 눈물마다 탐스런 향기 피어나네

36 보장엄보살(寶莊嚴菩薩) 장엄의 보살

눈물조차 깨달음의 연꽃이 된다

숨은 향기

아침마다 돌을 주워 탑 하나 세웠으니

바람에도 쓰러지지 않고 세상은 다시 깨어나

온누리 퍼지는 향기로운 선율 아침이 춤추네

37 덕장엄보살(德莊嚴菩薩) 덕으로 세운 보살

숨은 향기가 세월을 장엄하게 한다

파도 속의 고요

법의 바다 출렁이고 길 없는 길 건너는 그대
해작이는 물결 손에 담고 하늘 끝 바라보니
풍랑 속에 고요한 길 하늘 끝에 닿아있네

38 법해비구(法海比丘) 법의 바다를 건너는 비구

길은 물결 속에도 있다 법은 흐름이다

세상을 적시는 숨결

덕의 구름 이고 가는 조용한 발자국 하나
이슬 머금은 풀밭에도 가만히 웃음 피우고
아무도 모르게 세상을 적시는 그대

39 덕운비구(德雲比丘) 은덕의 비구

조용히 흘러가며 세상을 적시는 것이 덕이다

별빛 한 점

어둠이 짙을수록 더 환히 빛나는 숨결
법의 빛 손에 담아 먼 강을 건너가고
별빛 한 점으로 또 다른 빛길이 열리네

40 법광비구(法光比丘) 법의 등불이 된 비구

별 하나의 빛이 온 어둠을 건넌다

무너진 자리마다

무너진 성 다시 쌓고 부서진 다리 다시 잇네

찢긴 바람 가르며도 희망을 짓는 손길

허물어진 자리마다 새벽이 일어서네

41 수리천왕(修理天王) 수호의 천왕

무너진 곳에서 자비는 다시 짓는다

깊은 샘

크고 깊은 덕을 품어 산처럼 묵묵하게
비웃음도 비바람도 침묵 속에 삼키고서
그윽한 향기 하나로 세상을 품는 그대

42 대덕비구(大德比丘) 큰 덕을 이룬 비구
침묵의 덕이 가장 멀리 퍼진다

그는 오지도 않고 가지도 않는다

5부

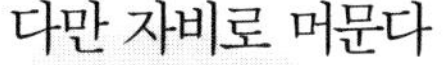

다만 자비로 머문다

보슬보슬 이슬이슬

보석 구름 드리우고 비를 뿌리는 그대
메마른 사막에도 싹이 돋고 꽃이 피고
그대 음성 고와라 보슬보슬 이슬이슬

43 보운보살(寶雲菩薩) 자비의 비를 내리는 보살

큰 자비는 조용히 내린다

아무도 모르게

덕의 구름 어루만져 황량한 벌판을 적신다

아무도 알지 못하나 하늘은 기억하리

스쳐간 그 숨결마다 새 생명이 움트는 것을

44 덕운보살(德雲菩薩) 은밀한 자비의 보살

알림보다 스침이 깊다

묵묵한 침묵으로

법의 구름 흘러가다 조용히 들판에 머물러
헛된 말들을 비우고 맑은 비를 쏟아내내
묵묵한 침묵 속에 길이 훤히 열리네

45 법운보살(法雲菩薩) 법비를 내리는 보살

법은 소리 없이 흐른다

그대 안의 우주

그냥 피었네 이름도 없었네
보이지도 않게 작디 작은 그대
그대 안에 온 우주가 깃든 것을

46 화장보살(華藏菩薩) 화엄의 상징인 보살
하나의 꽃 안에 만 세계가 깃든다

향기 시간을 건너가네

어둠 깊은 곳에서 향기 퍼내어

아무도 모르게 뿌려 놓은 그대

향기로운 그 빛 시간을 건너가네

47 보장보살(寶藏菩薩) 덕의 보물창고인 보살

보이는 것은 빛 보이지 않는 것은 향이다

아픔이 빛이다

너무 뜨겁다면 정성 들여 달구어라
타는 듯한 고통마저 노을에 물들여서
세상의 모든 고통 빛으로 빛나게 하라

48 승열보살(勝熱菩薩) 고통을 녹이는 보살

고통조차 자비의 불길로 변한다

깊은 샘을 길어

맑은 샘물 길어내어 길을 비추는 그대
어리석음마저 끌어안으니 샘은 깊어지고
한숨 속에도 지혜의 꽃 다시 피네

49 선혜보살(善慧菩薩) 지혜의 보살

지혜는 슬픔을 껴안아 빛으로 바꾼다

얼음 속에 피는 덕화

오묘한 덕 그 숨결로 얼어붙은 땅을 녹여
미소 한 줌 불어넣어 얼음 속에 꽃이 피네
한 송이 덕의 향기 영원 속을 흘러가리

50 묘덕보살(妙德菩薩) 덕의 향기를 지닌 보살

차가운 곳에서도 자비는 피어난다

보이지 않는 노래

고요한 소리 품고서 보이지 않는 길 가며

바람에도 풀잎에도 물결에도 숨 쉬어라

네 노래 삼라만상을 모두 다시 깨우리니

51 묘성보살(妙聲菩薩) 법음의 보살

침묵 속에서도 자비는 노래한다

끝은 시작을 향하고

모든 서원 품은 가슴 그 무게로 길을 낸다

나 아닌 모든 이를 위해 다시 문을 열어

자비로 끝나고 자비로 다시 시작된다

52 보현보살(普賢菩薩) 실천의 보살

서원은 시작도 끝도 자비로 이어진다

이름 없는 바람

묻지도 않고 다가오며

묻지도 않고 머무르며

이름 없는 바람 되어

어디에도 있으나 드러내지 않네

53 여래(如來) 모든 길의 귀의처

그는 오지도 않고 가지도 않는다 다만 자비로 머문다

2장 『금강경』

공(空)의 비

모양도 이름도 모두 공허하여라

1부

공한 마음 그것이 반야이리

법회가 열린 까닭

영취산 푸른 빛 바람은 잠들고
제자들 마음엔 물결이 사라져
수보리 묻는다 깨달은 이는
무엇을 의지해 머무르리오

제1분 *法會因由分*

부처가 영취산에서 법을 설하게 된 인연 - 웅무소주이생기심의 서문

선현의 청(請)

세존이여 중생은 어찌하리까

깨달은 이는 법에 머무는가요

부처 웃으시며 한 말씀 하시네

그 마음 머무르지 말고 나아가라

제2분 善現起請分

수보리가 부처께 수행의 길을 묻고 부처가 집착을 버리라 설함

대승의 바른 뜻

모든 보시 마음이 비워질 때

참된 공덕 그제야 빛이 되나니

모양도 이름도 모두 공허하여라

공한 마음 그것이 반야이리

제3분 大乘正宗分

보시의 참뜻 무주상보시(無住相布施) 상(相)에 머물지 않는 보시

머무르지 않는 행

걸음마다 머물지 않음이 도요

생각마다 닿지 않음이 깨달음

꽃잎이 피듯 스스로 밝아

무주행이 곧 부처의 길이라

제4분 妙行無住分

응무소주 이생기심(應無所住而生其心) 머무름 없는 마음으로 행하라

그대로 보라

눈에 보이는 것 실상(實相)이 아니요

마음에 그린 상(相) 모두 헛그림자

보이는 것 속에 보이지 않음이

진실히 보는 눈 그것이 반야

제5분 如理實見分

현상과 실상의 구분 반야의 눈으로 보는 것의 의미

바른 믿음은 드물다

부처의 말씀 세상에 드물어

귀한 진리 믿는 자 적도다

형상은 허공에 흩어질 뿐

믿음의 눈이여 마음에 피어나라

제6분 正信希有分

참된 믿음은 드물고 귀하니 믿음은 형상이 아닌 마음의 각성이다

얻은 바도 설한 바도 없네

법이라 하나 얻을 것 없으며

말이라 하나 전할 것 없도다

바람이 지나면 향도 사라져

그 텅 빔 속에 도가 있느니라

제7분 無得無說分

부처는 '법'을 설했으나 실상 설한 바가 없다고 하심 말과 얻음의 초월

그대 가슴에 깃든 씨앗

진리란 스스로 피어나는 것
그대 가슴에 깃든 씨앗이라
무심히 흙을 헤치면 새싹 돋듯
법은 따라 생하고 사라지지 않네

제8분 依法出生分

모든 법은 법에 의지해 생겨나며 그 근원은 마음이다

상이 곧 무상(無相)

하나라 하면 이미 둘이 되었고

모양이라 하면 벌써 사라진다

무상의 빛이여 모양에 머물지 마라

형 없는 그 하나가 참된 법이라

제9분 一相無相分

모든 상(相)은 공(空)하니 참된 하나는 무상(無相)임

텅 비어 장엄이라

금으로 단장한 세상도 헛빛
보석의 땅도 마음에 있도다
청정한 나라 꾸밈이 없을 때
꽃처럼 피어나니 그대로 극락

제10분 莊嚴淨土分

진정한 '정토'는 외적 장식이 아닌 무심한 청정의 마음임

보이는 것은 모두 상(相)이 아니요

2부

말해진 것은 진리라 할 수 없네

무위의 복이 으뜸이라

공덕을 지었다 말하지 말고
선행을 헤아려 자랑치 말라
무위(無爲)의 복 그 깊은 향기
보이지 않되 하늘에 스민다

제11분 無爲福勝分

행위 없는 행위 '무위'의 공덕이 가장 크다

연꽃 한 송이

이 세상 끝에도 법은 남으리

그 법을 지니면 부처를 뵈리라

거룩한 가르침 마음에 새겨

그렇게 핀다 연꽃 한 송이

제12분 尊重正教分

정법(正法)을 믿고 지니는 이가 곧 여래를 보는 자이다

법 따라 받아 지니라

읽는 자 듣는 자 모두 공경하라
법을 지닌 이는 이미 도에 들었네
한 글자 마음에 새긴 그날
삼세의 부처가 웃으시리라

제13분 如法受持分

경을 읽고 지니는 공덕과 그 존귀함

모든 상을 여의어 고요하라

보이는 것은 모두 상(相)이 아니요

말해진 것은 진리라 할 수 없네

고요히 고요히 마음이 멈추면

텅 빈 그곳이 곧 진여(眞如)라

제14분 離相寂滅分

모든 형상과 언어를 떠난 적멸(寂滅)의 경지

경을 지닌 공덕

이 경을 지니면 산보다 높고
수없는 보시도 이에 미치지 못하네
그대의 한 낱 숨결 속에서
만겁의 부처가 함께 숨 쉰다

제15분 持經功德分

금강경을 지니고 독송하는 공덕이 무량함

마침내 '나' 없음

나란 이름 처음부터 없었고
너란 그림자 바람에 흩어진다
쏟이라 부르니 쏟도 사라져
남는 건 숨결 하나의 들숨

제17분 究竟無我分

'무아(無我)'의 완전한 통찰 주체의 해체와 순수한 존재의 숨

함께 보다

모든 중생 나와 다르지 않고
그대의 눈빛이 곧 부처의 빛
서로 비추어 사라지는 순간
하나의 생명 하나의 깨달음

제18분 一體同觀分

모든 존재의 동일성 '나'와 '중생'의 경계가 사라짐

두루하라

바람이 부는 곳마다 법이 있고
별빛이 머무는 곳마다 깨달음
형 없는 법계 소리도 빛나
걸음마다 부처 눈 속마다 하늘

제19분 法界通化分

깨달음이 모든 세계(法界)에 두루 미친다는 설법

빛과 모양 떠나

꽃의 빛깔에 마음 두지 말고
그 향기조차 이름을 잊어라
색을 여의면 빛이 다시 나니
보이지 않음이 참된 보임이다

제20분 離色離相分

모든 색(色)과 상(相)을 떠나야 진실한 깨달음에 이른다

설한 바도 들은 바도 없다

말이 법이라 믿지 말 것이니
말은 다만 바람의 그림자라
듣는 이 없고 설한 이도 없네
텅 빈 침묵이 곧 진리로다

제21분 非說所說分

부처는 설했으나 실상 설한 바가 없다는 역설적 진리

놓아라

배움이라 믿는 그 마음조차
얻음이라 여기는 그 손조차
놓아라 모두 흘려보내라
무득(無得)이여 그게 깨달음

제22분 無法可得分

진정한 깨달음은 얻음이 없음 '무득이득(無得而得)'의 사유

중생을 건졌으나 건짐이 없고

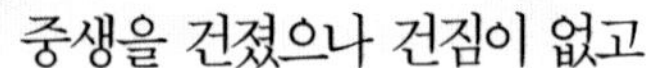

3부

부처를 뵈었으나 부처도 없네

잊고 행하라

그대의 마음이 맑으면 행도 맑고

그대의 행이 맑으면 세상도 맑다

선이란 이름도 잊은 그 자리에

봄빛처럼 선함이 피어난다

제23분 淨心行善分

깨끗한 마음으로 선행할 때 그것이 곧 진정한 공덕이 됨

두 줄기 빛

복을 지은 자 이미 지혜 얻고

지혜를 닦은 자 복도 이룬다

복과 지혜 두 줄기 빛 되어

한 마음의 하늘에 합쳐지네

제24분 福智無比分

복덕과 지혜는 둘이 아니며 서로를 완성시키다

무아의 향기

중생을 건졌으나 건짐이 없고
부처를 뵈었으나 부처도 없네
그대의 연민 무아의 향기로
피고 지는 꽃잎이 곧 길이리

제25분 化無所化分

보살은 중생을 제도하지만 '제도할 중생'이 없음을 깨닫는다

있는 듯 없어라

보이는 몸 그것이 몸이 아니요

들리는 법 그것이 법이 아니다

무형의 법신 바람처럼 스쳐

있는 듯 없으니 이것이 참됨이라

제26분 法身非相分

법신(法身)은 형상으로 볼 수 없으며 그 실상은 무형(無形)이다

고요하되 멈추지 않는

생겨나지도 않고 사라지지 않음

고요하되 멈추지 않는 도의 강물

끊어짐이 없으니 멸도 없도다

영원의 침묵이 그대의 이름

제27분 無斷無滅分

진리는 생멸(生滅)을 초월한다 '무단무멸(無斷無滅)'의 깨달음

무심히

공덕을 받되 받지 않는 마음
칭찬을 들어도 머물지 않는 눈
무심히 다만 길을 걸을 뿐
바람이 부처의 옷자락이네

제28분 不受不貪分

공덕이나 이익에 집착하지 않는 '무수무탐(不受不貪)'의 행

위의(威儀)는 고요하다

걸음은 물결 소리조차 없고
눈빛은 별빛 허공에 스민다
행하되 행함이 없는 그 자취
부처의 위의 고요히 머문다

제29분 威儀寂靜分

부처의 행(行)은 고요하고 자유롭다 '위의적정(威儀寂靜)'의 경지

다만 한 길

천 개의 길 다만 한 길로 가고

만 갈래 빛 다만 한 빛으로 선다

모든 법 하나 되어 사라질 때

공의 바다 부처의 눈뜨심이다

제30분 一合理相分

모든 법이 하나로 통합되는 '일합이상(一合理相)'의 자리

앎조차 일어나지 않다

아는 마음 그 또한 그림자요

보는 눈빛 허공의 비출 뿐

앎이 사라져 더 맑은 자리에

모르는 빛이여 여래의 눈동자

제31분 知見不生分

지견(知見)조차 공하여 참된 깨달음은 앎마저 없는 자리에서 생한다

참된 부처가 아니다

모습으로 온 이는 부처가 아니요
이름으로 부른 이는 이미 멀어라
無相의 부처 無名의 세존
바람 한 줄기 그대로 진리

제32분 應化非眞分

응화신(應化身)은 방편일 뿐 진여(眞如)는 형상 너머에 있다

걷고 머물고 다시 걷는다

박성애의 단시를 읽다

모든 만남이 곧 깨달음이었다

언어의 고요로 귀의하다

조정은 (문학평론가, 에세이스트)

불경(佛經)의 언어는 오래된 우주와 같아서, 뜻 이전에 리듬이 있고 교리 이전에 숨결이 있다. 그러나 그 언어는 너무도 높고 깊어서, 오늘의 우리에게는 때로 소리 없는 별빛처럼 멀게만 느껴진다.

박성애의 불시 연작은 그 거대한 산을 낮은 들판으로 옮겨놓으려는 시도처럼 보인다. 철학을 떠나지 않은 채 인간의 감각으로 외려 철학에게 속삭인다. 한 구절의 경전을 서정시로 바꾸는 일은 진리를 가벼이 만드는 일이 아니라, 진리의 낮은 숨결을 트는 일이다.

화엄경의 깊고 높은 지혜(智慧)는 박성애에게 와서 연못의 수면을 두드리는 작은 물방울 소리처럼 투명하고 맑아진다. 자비(慈悲)는 추상적 덕목이 아니라 "보슬보슬 이슬이슬" 내리는 천

진한 감각으로 돌아온다. 이 변환은 종교적 단어들을 세속화한 것이 아니라, 세속의 언어에 다시 거룩함을 회복시킨 일이다. 언어가 너무 높을 때 인간은 침묵하고, 언어가 너무 낮을 때 진리는 숨어버린다.

이 연작은 그 두 극점 사이의 미세한 경계 위에 서 있다. 불교의 사유를 서정의 감각으로, 사유의 엄숙함을 일상의 호흡으로 전환하면서 경쾌하게 간다. 그러니까 한 구절 한 구절 시행들은 무구한 기도의 변주다. 읽는 이는 이해하는 대신 느끼고, 깨닫는 대신 머물 것이다. 한 구절의 시가 때로 한 생의 수행보다 깊을 때가 있다.

이 연작의 첫 행, "첫 물결에 작은 배 띄워 보네"는 항해의 시작이면서, 존재가 자기 자신에게 내리는 부드러운 명령이다. 그 배는 답을 찾아 떠나는 건 아니다. 그저 물결 위에서 스스로의 떨림을 숨 쉬고사 벼난다. 그 뒤로 이어지는 53인의 스승과 농행들은 모두 거대한 사상가가 아니라, 세상을 한 번 더 깊이 들여다보는 또다른 방식의 시선이다. 시인에게 있어 지혜는 아득한 먼 하늘의 별빛이 아니라 걸음마다 피어나는 들꽃의 노래 같은 것이다.

공부하는 책 불경을 모셔와 공부하지 않고 함께 춤추고 노래하는 놀이로 바꾸었다는 것은 매우 놀라운 일이다. 말보다 호흡이 먼저이고, 설명보다 향기가 오래 남는다. 그 향기는 바람처럼 스치고, 그 스치는 춤사위가 진정한 가르침이 된다. 한 사람의 깨달음은 단독의 사건이 아니다. 그것은 매 순간 누군가를 향해 흘러가는 마음이다.

흔들려도 꺾이지 않는 노, 엎드려도 하늘을 품은 들꽃, 부서져도 빛을 잃지 않는 손끝의 햇살, 이 모든 이미지는 같은 말을 속삭인다.

끝은 없다. 자비는 계속된다.

그러므로 '여래'는 오지도, 가지도 않는다. 그는 단지 바람이 되어 머문다. 묻지도 않고 다가오고, 묻지도 않고 스친다. 그때 비로소 우리는 알게 된다. 세상을 바꾸는 힘은 크고 빛나는 것이 아니라, 보슬보슬 이슬이슬, 아무도 모르게 내리는 비 같은 흐름이라는 것을.

이 책은 그 조용한 비의 기록이다. 꽃잎과 구름, 산과 바람의 이름으로 전해진 작고 오래된 자비의 목소리들, 당신의 하루에도 그 한 방울의 빛이 닿기를 바란다.

높은 덕은 높은 산에만 있는 게 아니어서 / 작은 별꽃 눈빛 속에도

하늘을 담고 있네

여기서 시인은 '덕'을 높이 대신 깊이로 전환한다. 높은 것이 닿을 수 없는 경외라면 낮은 건 함께 거니는 어울림의 품격일 것이다. 별꽃 하나에도 하늘이 있다면, 진리는 더 이상 위가 아니라 옆에 있을 터이다.

낮은 곳에 엎드려도 큰 하늘 품고 있네

엎드림이 하늘을 담는 자세라니 놀랍다. 자신을 낮출 때에만 진리는 열린다는 역설이다.

수줍어 웃고 기뻐워 웃고 미뻐서 웃고

그의 미소에는 의미가 없지만, 그 의미 없음으로 하여 세계를 더욱 깊숙하게 비춘다.

참된 아름다움은 조용히 빛나는 미소

조용히 빛난다는 건, 자신을 드러내지 않으면서도 세상을 밝히는 태도다. 빛이 그러하듯이. 그늘의 투명함으로 드러나는 아름다움이 참된 미일 것이다.

이긴다 함은 이기지 않음, 물러서지 않음

싸우지 않음으로써 승리하고, 멈추지 않음으로써 흐른다는 말, 참 깊고도 기쁜 소식이다.

다만 천천히 깊어지는 숨결

깊어진다는 건 넓어진다와 다르다. 자신 안으로 침잠한다는 뜻이다. 그 깊음은 바로 지속일 것이다.

산은 옮기기보다 감싸기가 더 어려워

고통의 수용을 이렇게 노래할 수도 있다. 옮기는 것은 힘의 미덕이고, 감싸는 것은 존재의 미덕일 것이다. 사랑의 근원에는 포기 대신 포용이 있다지 않은가.

무너져내리는 바윗돌 가만히 품는 그대 / 그 품에서 이윽고 산은
포효를 멈추네

무너지는 세계를 품는다는 것은, 그 세계를 다시 조용히 재구성하는 일이다. 그러므로 '포효를 멈춘 산'은 평정의 은유가 된다.

강함은 이김이 아니라 품음이다

이 문장은 고전적인 불교 윤리를 시의 언어로 새롭게 번역한 예다. 여기서 강함은 침묵의 두께로 측정될까. 전반적으로 박성애의 불시는 침묵의 시다. 침묵의 확장이며 침묵의 심연이다.

부서지고 쓰러질수록 더욱 뿌리는 깊어지네

무너질수록 깊어진다는 것은 치유라든가 회복 같은 현대적 언어를 깡그리 부수며 건너간다. 그것은 다만 심화다. 상처에 뿌리를 내리며 우뚝 일어서는 존재의 근원을 노래하는 가장 맑은 버전이다.

무너짐조차 대지의 호흡이다

그의 세계에서는 파괴조차 생의 양식이 된다. 무너짐은 없다. 다만 숨 쉬기가 있을 뿐.

금강석 한 조각 품고 온 우주를 버틴다

금강석은 지구상에서 가장 강도가 높은 광물이다. 그 단담함을 품은 것인가. 아니다. 땅 속 깊은 곳에서도 변하지 않고 수십억 년의 성장을 멈추지 않는 다이아몬드 원석, 어떤 어둠에도 결코 잃지 않는 본래적 빛의 은유로써 금강석이다. 가장 작은 것이 가장 큰 세계를 지탱한다는 걸 일깨운다.

상처 난 세상 두루 어루만지는 그대 손길
작고 따뜻한 손끝으로 하늘길 열어 주네

여기서 '하늘길'은 초월의 공간이라는 공식을 깨버린다. 하늘길은 그저 연결의 통로인 것이다. 상처 입은 세상과 하늘을 이어주는 건 말이 아니라 손길, 그러니까 거창한 이론이 아니라 작은 실천이란 말이렷다.

고요히 흐르는 달빛 허공 속에 스미어
(…)
말없이 깊어지는 자비를 배우노라

자비의 시학이다. 진정한 자비란 아무도 모르게 스미는 것, 누구에게 들키지 말고 다만 비추는 것, 마치 달빛처럼. 배움의 형태마저 부드럽다. 그것은 논리 너머의 조용한 동화(同化)다.

어둠을 뒤로 밀어내고 아침을 모셔오네

(…)

그대 고요한 웃음 세상을 활짝 여네

여기서 어둠은 물리적 밤이 아니라 미망과 번뇌의 상징일 것이다. 그 어둠은 완전히 사라지지 않는다. 아침을 모시는 과정의 제의이다. 결국 번뇌 없이 보리 없다는 상징이다. 또한 웃음은 빛보다 느린 속도로 퍼지는 온기다. 이 웃음은 세상을 구원하지 않지만, 세상을 다시 시작하게는 할 것이다.

끝도 없이 퍼지는 날개

해탈의 은유인 이 날개는 새의 날개가 아니라 빛의 확장이며 존재의 틈없는 이어짐이다. 모두가 하나인 경계다.

그대 이미 경계 없는 하늘이 되어 버렸네

주체가 사라지는 순간, 경계도 사라진다. 이것은 자아의 소멸이 아니라, 존재의 확장이며 또한 본질이다.

티끌 속에 몸을 묻고 다시 별을 잉태하니

영혼의 윤회보다도 더 시적인 빛의 순환을 보여주고 있다. 별은 죽어 흙이 되고, 흙은 다시 별을 낳으리니. 이 세계의 구원은 상승이 아니라 환류임에랴.

아침마다 돌을 주워 탑 하나 세웠으니 / 바람에도 쓰러지지 않고 세
상은 다시 깨어나

탑을 세운다는 것은 의미를 쌓는 행위다. 그러나 그 탑은 거대하지 않다. 돌 하나씩의 일상적 신심인 것이다. 그의 믿음은 장엄하지 않으므로써 더욱 숭고하다.

풍랑 속에 고요한 길 하늘 끝에 닿아있네

여기서 고요는 정지 상태가 아니다. 고요는 폭풍의 반대가 아니라, 폭풍 속의 중심이기 때문이다. 진리는 대지의 고요처럼, 격랑 속에서도 한 줄의 길로 남으리라.

길은 물결 속에도 있다. 법은 흐름이다.

이 한 줄은 시의 철학적 선언이다. 법은 고정된 명제가 아니라, 유동하는 진리의 형식이라는 것.

아무도 모르게 세상을 적시는 그대

이 시의 탁월함은 드러나지 않음으로 완성된다는 데 있다.

어둠이 짙을수록 더 환히 빛나는 숨결

그 숨결의 느림이야말로 빛의 본질이다. 흔히 가장 빠른 걸 빛에 비유하지만, 빛의 본질은 느림에 있다. 느리기에 영원을 향해 쉼없이 간다.

별빛 한 점으로 또 다른 빛길이 열리네

별 하나의 빛으로 길을 연다는 건, 작은 것이 전체를 여는 방식을 보여주고 있으니 놀랍다.

무너진 성 다시 쌓고 부서진 다리 다시 잇네

이건 건축의 은유로 쓰인 회복의 미학. 그의 손길은 세계를 다시 세우는 노동의 리듬이다.

허물어진 자리마다 새벽이 일어서네

무너진 자리마다 새벽이 선다는 건, 상처의 자리가 곧 다시 피어남의 장소가 된다는 뜻이다.

무너진 곳에서 자비는 다시 짓는다.

마지막 시편의 결론은 '짓는다'이다. 이 연작 전체가 결국 향하던 끝은 짓는 행위, 곧 삶의 재건이다. 세상은 단 한 번에 완성되는 건 아니다. 매 순간, 무너짐 위에서 다시 세워진다. 그것이 자비다. 자비란 쉼 없는 시도이다.

박성애의 시편들은 슬픔을 지우지 않는다. 다만 슬픔을 빛으로 번역한다. 그러므로 어떤 시도 완성으로 다가서지 않는다. 다만 세상을 다시 짓는 자들의 손길을 담는다.

보석 구름 드리우고 비를 뿌리는 그대 / 메마른 사막에도 싹이 돋고

꽃이 피고 / 그대 음성 고와라 보슬보슬 이슬이슬

구름은 하늘의 장식물이 아니라 대지의 기억. 비가 뿌려질 때 생명이 돋아나는 장면은, 구원이 번개처럼 번쩍이는 사건인가. 아니다. 미세한 낙하로 이루어진다는 고백이다. 마지막 연의 의성어-보슬보슬, 이슬이슬-는 의미보다 먼저 촉감으로 다가온다. 이 시에서 위로는 설명을 지우고 입자로 흘러내린다.

덕의 구름 어루만져 황량한 벌판을 적신다 / 아무도 알지 못하나 하늘은 기억하리

여기서 선의 표식은 익명성이다. 표지판이 없는 행위, 기록되지 않는 손길. "하늘은 기억"한다는 문장은 인간의 칭찬 대신 우주의 증언을 불러온다.

스쳐간 그 숨결마다 새 생명이 움트는 것을

스침이 접촉보다 깊다는 역설. 큰 변화는 비명보다 호흡의 온도로 오는 법이다.

법의 구름 흘러가다 조용히 들판에 머물러 / 헛된 말들을 비우고 맑은

비를 쏟아내네

머무름은 주저가 아니라 정확한 착지다. 비워야 내릴 수 있다- 이 문장은 말의 시대에 대한 작은 반격일 터.

묵묵한 침묵 속에 길이 훤히 열리네

길은 외침으로가 아니라 묵묵한 침묵 고요한 맑음으로 열린다는 것. 그 길 위에 우리 모두 함께 가는 중이리.

그냥 피었네 이름도 없었네 / 보이지도 않게 작디 작은 그대

'그냥'과 '이름 없음' 이것이 바로 탄생의 가장 순수한 형식일 것이다. 아무리 거대한 생명도 무로부터 도래할 것이니.

그대 안에 온 우주가 깃든 것을

작음이 곧 무한이라는 이 직설은, 개체의 경계를 내부의 우주로 확장한다.

어둠 깊은 곳에서 향기 퍼내어 / 아무도 모르게 뿌려 놓은 그대

향기로 말한다. 향은 보이지 않는 형상이라, 전달될수록 흔적이 엷어진다. 그 엷음이 바로 지속의 조건이다.

향기로운 그 빛 시간을 건너가네

향이 빛이 되는 순간, 감각들이 서로의 언어를 번역한다. 이것이 이 연작의 핵심 미학이다.

보이는 것은 빛, 보이지 않는 것은 향이다.

보이는 것과 보이지 않는 것의 이중 장엄. 어떤가. 시는 눈에 걸리는 윤곽보다 코끝의 여운을 더 신뢰한다.

너무 뜨겁다면 정성 들여 달구어라 / 타는 듯한 고통마저 노을에 물들여서

뜨거움을 더 달구라는 이 기이한 처방. 통증을 억압하지 않고 형식으로 바꾸라는 뜻이다.

세상의 모든 고통 빛으로 빛나게 하라

고통의 제거가 아니라 전환이다. 저무는 해가 상처를 물들이며 하루를 끝내듯.

　　맑은 샘물 길어내어 길을 비추는 그대 / 어리석음마저 끌어안으니 샘은 깊어지고

우물의 깊이는 물의 양이 아니라 포용의 반경으로 결정된다.

　　한숨 속에도 지혜의 꽃 다시 피네

한숨은 포기 아닌 호흡의 변주다. 그 틈에서 다시 피어나는 내력.

　　오묘한 덕 그 숨결로 얼어붙은 땅을 녹여 / 미소 한 줌 불어넣어 얼음 속에 꽃이 피네

꽃은 봄이란 계절보다 다사로운 온기에 피어난다. 미소 한 줌의 온기. 세계는 참으로 작은 단위로 움직이는 법이다.

　　한 송이 덕의 향기 영원 속을 흘러가리

영원은 크기가 아니라 지속의 방향이다. 향은 시간을 가로지르는 가장 오래된 배가 되겠지.

　고요한 소리 품고서 보이지 않는 길 가며 / 바람에도 풀잎에도 물결에도 숨 쉬어라

여기서 노래는 음악이 아니다. 어우러짐이고 동화(同化)다. 바람·풀·물결의 호흡을 자신의 리듬으로 받아들이는 일이다.

　네 노래 삼라만상을 모두 다시 깨우리니

깨운다는 건 설득이 아니라 공명이다. 무담시 함께함이다.

　모든 서원 품은 가슴 그 무게로 길을 낸다

무게가 압력만은 아니다. 진정성의 중량이 땅을 눌러 길을 만든다.

　나 아닌 모든 이를 위해 다시 문을 열어 / 자비로 끝나고 자비로 다시 시작된다

종결이 종결이 아닌 이유- 문은 닫히지 않고 다시 열린다. 시작의 공식을 바꾸는 마지막 선언이다.

묻지도 않고 다가오며 / 묻지도 않고 머무르며 / 이름 없는 바람 되어 / 어디에도 있으나 드러내지 않네

이 마지막 연은 무위(無爲)의 자세를 '바람'으로 번역한다. 다가오되 주장하지 않고, 머무르되 표식이 없다.

그는 오지도 않고 가지도 않는다. 다만 자비로 머문다.

이 한 줄은 서사의 시간선을 정지시킨다. 도착과 출발이 지워질 때 남는 것은 온기. 연작의 종결이 아니라, 머묾의 형식으로 끝맺는 지혜가 과연, 과연, 이다.

나가며

이 연작의 마지막 구간은 빛보다 비, 형태보다 향, 외침보다 숨을 신뢰한다. 표어 대신 촉감, 개념 대신 리듬. 그래서 결론은 문장보다 기상(氣象)에 가깝다. 보슬비 같은 말들이 길게 내리고,

그 사이로 들꽃과 탑, 샘과 노을이 지나간다.

세계는 큰 소리로 고쳐지지 않는다. 다만 작은 비가 오래 내릴 뿐이다. 그 오래 내리는 동안, 우리는 서로의 향기가 될 것이니. 박성애의 '불경을 단시로 풀어 쓴 시편들이 그러하다.

진리는 이해로 도달하는 곳이 아니다. 어쩌면 노래로 돌아오는 자리일지도 모른다. 이 연작 단시는 바로 그 자리로 향하는 가장 고요한 항해의 기록이다.

덧붙임 : 두 줄 혹은 넉 줄의 단시이기에 해설에 인용한 시구에 구태여 시의 제목을 표기하지 않았다. 또한 해설의 번잡함을 자제하려 노력했다.